W9-CSN-719

DISCARDED FROM
GARFIELD COUNTY
LIBRARIES

Garfield County Libraries
Carbondale Branch Library
320 Sopris Avenue
Carbondale, CO 81623
(970) 963-2889 · Fax (970) 963-8573
www.GCPLD.org

Lo Que Me Digo a Mí Mismo PRIMERO

Afirmación del mismo estilo mundial para niños autoestima.

Escrito por Michael A. Brown · Illustrado por Zoe Ranucci
Traducido por Melissa Vega

Este libro esta dedicado a...

Dedicado a I Am That I Am, que tenía una mano sobre mi vida y me facultó para cargar adelante independientemente del daño. Para Mi abuela Caroline, Te quiero, Enfermera. Madre, este libro me curó. Te entiendo ahora. Te quiero. Descansa bien, Hermosa. (Lágrimas) Por Robert, Madison, Ava y Amber, mis hijos. Recibiendo A desde pre-K. Tus logros nunca dejan de sorprenderme. Ustedes son los fuegos de mi cohete mientras alimento sus futuros. Para esos ingenuos de what I am tenía por mí, me ayudaste a aprender que ninguna arma formada contra mí prosperará, todavía me dispararán e incluso me golpearán. Pero sobreviviré. A esos motivadores a través de esas noches de insomnio en la lucha por mis hijos, gracias. A Dan Lempa y Tommie Lott por la inspiración para el libro de colorear y actividades que está por seguir. Zoe, las palabras no pueden expresar las lágrimas hechas de esta roca cuando vi tu trabajo. Increíble. Tu talento calmante llama la atención más allá del deseo de tu corazón. Gracias a todos. MAB

Gracias a mis amigos y familiares que me apoyaron en el camino / A Mike por confiarme su visión / Agradecimiento especial a Dustin por etiquetarme en Facebook y a mi grupo SCBWI por su palabras de sabiduría y guía. – ZR

Lo Que Me Digo - Afirmación del mismo estilo mundial para niños autoestima Copyright copyright © 2019 de Michael A. Brown, MA. Todos los derechos reservados. Impreso en los Estados Unidos de América. Ninguna parte de este libro puede ser utilizada o reproducida de ninguna manera sin permiso del autor. Para obtener información, diríjase al autor en info@whatitellmyselffirst.com.
Visita la pagina official www.WhatITellMyselfFirst.com

Primera edición

Editado pro Kendra Middleton Williams

Traducido por Melissa Vega

Diseño y ilustración por Zoe Ranucci, www.GoodDharma.com

ISBN: 978-1-7341848-6-0

Library of Congress Control Number:2019918879

Yo Soy

_____

(Escribe tu Nombre Aqui)

Estoy vivo, alerto Y capaz
(Respirar hondo, ahora exhala.
No contengas la respiración, tonto.)

3

La verdad es

_____.

(¿Que crees que la verdad es?)

Siempre debo de decirme la verdad.

Una mentira es

_____.

(¿Qué crees que es una mentira?)

Nunca debo mentirme a mí mismo. NUNCA

Debo Amarme PRIMERO.

Debo ser egoísta antes de ser desinteresado.

No soy bueno/a para nadie más, si no soy bueno para mí.
Debo hacer por mí mismo, primero.
Debo protegerme, primero

7

Soy hermosa / guapo!

No seré hermosa /guapo a todo el mundo.
Está bien!
Soy hermosa / guapo PARA MI.

¡Me gusto!

No a todos les agradaré. Esta bien.
¡Me gusto!

Mi cuerpo es lo que es.

Flaco, gordo o bajo con un sombrero
Alto, pequeño, baloncesto!

Aprendo lento/a así que olvidaré lento.

Soy inteligente acerca de lo que sé

Puedo aprender más. Voy a aprender más.

No lo sé todo.

No lo sabré todo. Quiero tener razón.
Pero, no siempre puedo tener razón.

Si tengo razón, YAAAAYY!

Si no tengo razón, está bien. No siempre tendré razón.
El fracaso es parte del éxito si aprendo del fracaso.
¿Qué aprendí?

Lo que aprendí, debo enseñar a otro.

Una hermana de otro señor
O un hermano de otra madre,
Puedo ayudar a los demás.

14

El cambio puede ser bueno.
El cambio puede ser malo.

El cambio puede ser feliz. El cambio puede ser triste. Puedo cambiar algunas cosas. Cambiaré algunas cosas. No cambiaré otras cosas.

Soy genial en algunas cosas.

Soy bueno en otras cosas.

No soy bueno en algunas cosas.

Perfeccionaré lo que soy bueno haciendo.

Trabajaré en lo que no soy bueno haciendo.
Voy a mejorar, o haré otra cosa.

17

Antes de hacer algo, Debo pensar primero.

Dos oidos y una boca.
Escucha más con menos boca.

Debo escuchar para planear.

Debo escuchar para entender.
Debo ver más allá de lo que tengo frente a mí.

Debo esperar hasta el momento adecuado para hacer las cosas.

Debo hablar cuando sea el momento.
Debo hablar de lo que es mío.

NO es trabajo de NADIE
a **"Hazme feliz"** o cualquier
otra cosa.
Ese es mi trabajo.

No es trabajo de NADIE a
"Curarme" de cualquier cosa.
Ese es mi trabajo.

No es trabajo de NADIE **"Protégeme"** de cualquier cosa.
Ese es mi trabajo.

Debo hacerme lo que YO NECESITO ser para hacerme lo que quiero ser.

Debo encontrar lo que me duele
para curarme de lo que me duele.

AMENAZAS
MATONES
DOLOR
HERIDAS

Debo protegerme por
manteniéndose alejado de lo que me duele.
Debo detener lo que me amenaza.
Primero, Rápido y Hazlo durar.

Trabajo es igual a valor.

En mi trabajo, soy valorado.

El respeto se gana cuando respeto a los demás.

24 Debo actuar de una buena manera que gane respeto.

Cómo me veo puede ganarse el respeto.

Cómo hablo puede ganarse el respeto.

¿Por Favor?

¡Gracias!

No todo el mundo me dará lo que gano.
No todos me respetarán. Está bien.

25

Yo me respeto.

Yo soy _____

(Escribe tu nombre aqui.)

Estoy vivo, alerto Y capaz
(Respirar profundo. Ahora, exhala.)

Estimado Lector,

Soy un padre como cualquier otro padre. Vivo por a mis hijos, y criarlos en los mejores seres humanos que pueden ser es la misión de mi vida. El legado que dejo al mundo son mis hijos, y soy como cualquier otro padre que quiere que sus hijos sean fuertes, capaces, productivos, responsables y, lo más importante, felices.

Después de haber servido a mi país en el Ejército, a mi comunidad como oficial de policía, a un especialista en manejo de la ira, a un instructor de intervención en crisis no violenta y a un educador, he aprendido muchas lecciones. Espero transmitir algunas de estas lecciones, así como la sabiduría del mundo real que he acumulado hasta ahora, a todos los que leen este libro. Espero enseñar un sentido de amor propio, así como de autoaceptación. Mi objetivo es dar un marco tanto para que los padres como los niños ayuden a construir sus vidas en hogares robustos y felices.

El espíritu de cualquier organización es credo, juramento o prometa para cumplir con los valores que representa en su trabajo. Y espero que este breve credo puede, y le deseo lo mejor en la forjar de su propio espíritu personal!

En las páginas verá lugares para rellenar su nombre, elija adjetivos que se adapten a usted personalmente y responda preguntas cortas. Estos fueron puestos en marcha no sólo para personalizar el libro para cada niño individualmente, sino para provocar discusiones significativas entre el niños y el padre y/o madre. Por supuesto, el padre puede no ser la única figura que lea este libro a un niño, así que por favor personalícelo para que se adapte a su propio título de relación con el destinatario de la lectura. No importa cómo lo hagas, ¡es exactamente adecuado para ti, siempre y cuando sea verdad! Así que divertirse, y la lectura feliz!

Michael A. Brown

JERARQUÍA DE NECESIDADES DE MASLOW

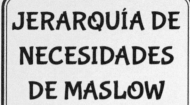

ABRAHAM MASLOW

¿Cuál es la jerarquía de necesidades de Maslow? La jerarquía de necesidades de Maslow es la teoría psicológica de la motivación creada por Abraham Maslow que detalla cinco niveles de necesidades humanas, a menudo representados como niveles jerárquicos dentro de una pirámide.

En la parte inferior de la pirámide se encuentran los niveles más bajos de necesidad en la jerarquía que deben satisfacerse antes de que las personas puedan satisfacer las necesidades futuras. Desde el fondo de la jerarquía hacia arriba, las necesidades son las siguientes: fisiológica, seguridad, amor y pertenencia, estima y autorrealización.

MORALIDAD
CREATIVIDAD
RESOLUCIÓN DE PROBLEMAS
FALTA DE PERJUICIO
ACEPTACIÓN DE HECHOS

AUTORREALIZACIÓN

AUTOESTIMA, CONFIANZA, LOGRO, RESPETO A LOS DEMÁS, RESPETO POR LOS DEMÁS

ESTIMA

AMISTAD, FAMILIA, INTIMIDAD SEXUAL

AMOR / PERTENENCIA

SEGURIDAD DEL CUERPO, DEL EMPLEO, DE LOS RECURSOS, DE LA MORAL, DE LA FAMILIA, DE LA SALUD, DE LA PROPIEDAD

SEGURIDAD

RESPIRACIÓN, COMIDA, AGUA, SEXO, SUEÑO, HOMEOSTASIS, EXCRECIÓN

FISIOLÓGICA

©Tim van de Vall

CPSIA information can be obtained
at www.ICGtesting.com
Printed in the USA
LVHW070508180121
676680LV00010BA/69